歌集

ふるさと開田

千村公子

青磁社

序にかえて——開田《かいだ》高原の思い出

雁部　貞夫

人は誰でも己の心の中に故郷の「山」を抱いている。

本歌集『ふるさと開田《かいだ》』の著者である千村公子さんにとって、その山は木曾の「御嶽」（三〇六三米）である。本邦に数少ない三千米を越える名山である。

千村さんの生まれ育った木曾の開田は御嶽の東北一帯に広がる大きな高原の村である。この山の周辺は古来、木曾駒と称される良馬の産地であり、山麓一帯は木曾五木を育くむ美林で知られる。また、開田高原は現在でも本邦有数の蕎麦の大産地である。

私はこの文章でしきりに「高原」という語を使ったが、江戸期以前には、「高原」（こうげん）という言葉はほとんど使われていない。大和言葉では古くから「たかはら」と言われて来た。茂吉の戦前の歌集『たかはら』もまさにその使用例の一つである。

「高原《こうげん》」は明治になってから、英語のプラトゥ（Plateau）やテーブル・ランド（Table Land）の訳語として使われ、明治期に伝えられた近代登山の思潮の舞台として、盛んに世に流行した。

日本山岳界の二大先進、田部重治と木暮理太郎のコンビはこの木曾の村々やその山谷、山地を盛んに跋渉し、「高原」の美を近代の新しい「自然美」として再発見し、大いに世に鼓吹した。彼らの著わした明治末から大正にかけての数多い紀行文は、「高原」というキイ・ワードを、自然美を伝える一つの概念として世に定着させたのである。

この言葉「高原」が持つ何となくバタくさいニュアンスが、我々の現在の日常に今もって生きているのは、右のような経過を辿って来たからに他ならない。

木曾開田の素封家の家に生まれた千村さんは、この古くからの「たかはら」の持つ伝統的な暮らしと「高原《こうげん》」の持つ新しい語感による暮らしを二つながら体現している人だと私は日ごろから感じている。さらに、千村さんが敬虔なキリスト者として日々を送られていることも、アララギ以来のゆらぐことのない写実の大道を行く際の背骨《はいこつ》となっていよう。

千村さんの作品世界は、信州の歌よみの持つ澄明な響きを共通して伝えているが、そこから一歩深いところを歩んでいるのではないかというのが、私の最終的な印象である。

私は新アララギが結成されて、しばらく後に、信州のベテラン会員であった草間よしお氏（安曇野）や小松進氏（富士見野）の肝入りで、「雁会《かりがねかい》」と称する勉強会を十数年続けたことがある。毎年一度の二日間にわたる会で、二日目は山草、山菜採集の権威である小松進氏（本年六月死去）を先導者として、信州各地の山野を踏破したものである。千村さんもそのメンバーの一人であった。

ある年の初夏、工女らの悲話で知られる野麦峠（一六七二米）の笹原の中にその跡を訪ね、その次の日だったか、千村さんの故郷である開田の西野へ長駆した。そこで泊めてもらった宿が千村さんの実家ではなかったかと今にして思う。千村さんの作品にも出てくるその宿で「とうじ蕎麦」をごちそうになり、岩魚の「骨酒」を中国古玉の大盃になみなみと注ぎ、皆で飲み回したことを記憶している。

本書の後半、千村さんは信州各地への転勤（夫君は教師）で苦楽を共にされた夫君を失った。彼女は胸の底にその悲しみを秘めながら、以前よりも広く、深く、更に自由に作歌生活を続けている。

さいごに昭和前期に小説の神様とうたわれた横光利一の「御嶽」をたたえる弁を引用し、千村さんの第二歌集上梓のお祝いとする。

「(前文略)山岳では御嶽。いみじくもつけたる哉と云ひたき名。まさに華厳(滝)と匹敵すべく壮麗で、その国土の民族から、かかる名前が生れたと思へば、われわれ民族の感覚がいかに象徴的に優れてゐたかと云ふことを証明するにたる。……確かに華厳とともに国宝たるもの。賞すべし」(「名称について」昭和三年六月)。

なお「御嶽」の意味は単純極まりないが「お山」という意である。日本有数の山岳宗徒(修験道)の聖地である。

令和三年七月一日　北会津の山中にて記す

ふるさと開田＊目次

Ⅱ　二〇〇七〜二〇〇九年

千村公子歌集

ふるさと開田

I

二〇〇五～二〇〇六年

井戸尻考古館　　　　二〇〇五年（平成十七年）

棒の先に鋭き石を括りあり縄文時代の手業の極み

鹿の角にて黒曜石を割りしといふ縄文人の技術たたへよ

縄文時代にわが生あらばかかる甕に泉の水汲む女たりしか

渦巻きて組みあひて確かなる線とかたち縄文土器に漲る力

縄文時代の文化を開花させたりし人々の裔《すゑ》は如何になりしか

天ひろき高原に人の住み継ぎしは時代の信仰に関りありや

原始よりかの山陰に湧くといふ泉は明日にも尋めゆきてみむ

青鬼集落

カラーのトタンに覆へる茅葺き屋根の家ガラス戸明るく人の住み継ぐ

谷川の底にこもれる轟きは村の何処《いづこ》にゐても聞こゆる

復元の「ばつたり」は昔ののどかさに舟傾けて水こぼしたり

御堂のへに並ぶ石仏風化して面おだやかに天を仰げり

畔草に半ばうもれし石仏に稔る稲穂の傾ぎかかりぬ

掃ききよめ秋の祭りの備へせる青鬼神社の石段のぼる

中国行

一　孫文の墓

革命家孫文の墓に登りたり連なりて行く人に混じりて

この国を解放に導きし孫文の墓地は王陵と見紛ふばかり

追ひ越され追ひこされして登る中山陵青き甍が見えゐて遠し

「天下文樞《てんかぶんすう》」門に掲ぐる夫子廟人たむろせり吾も佇む

夫子廟前にゆつたり流れゆく秦淮河《しんわいが》如何なる歴史を見て来たりしか

唐招提寺講堂を思はする大明寺の鑑真記念堂を親しく仰ぐ

半ば折れ捻れつつ立つ一本の柏槇は大明寺の門を凌ぎぬ

二　蘇州へ

鎮江をフェリーに渡ると待つ港柳絮つぎつぎ水の上を飛ぶ

「賽珍珠《パールバック》故居《こきょ》」尋ねむと坂を行く隈みくまみの落葉を踏みて

『大地』より変貌目まぐるしき八十年か旧居に迫りて高層のアパート

黒鶫啼くかと見れば吾がかたへ鳥笛を吹く青年がゐる

護岸改修すすめゐる蘇州の古き運河並木の柳いまだ幼し

若葉する蘇堤の柳を目の前に湖の波たて吾が船は行く

目路はるか陸と水とのさかひなく西湖に朝の雨静かなり

六和塔《りくわたふ》をめぐり登ればおぼおぼし銭塘江も岸の木立も

紅衛兵に破壊されたる石像も霊隠寺の岩山に標されて残る

千年余をここに立ちゐる石の塔八角九層はガウディ建築の風情

三　始皇帝陵と南京

銅製の鶴は始皇帝陵出土といふ銜へゐる泥鰌動くがに見ゆ

死後の世に如何なる遊びを願ひしか舟漕ぐ俑が埋められゐたりき

男子俑女子俑も右前に打合はせ着るは親しも和服のルーツか

極彩色の天王傭が足に踏む邪鬼はいづれもしたたかに見ゆ

色明るき花柄の衣に装ひし唐の時代の傭にまみえぬ

土屋先生詠まれしはこの城壁か今も美しく濠に直ぐ立つ（南京）

杭州にて真綿の布団を購ひぬわが冬の夜に温くあらむと

生誕劇

この夏に弱りし満天星いちはやく庭に色濃き紅葉となれり

人の庭のななかまどの実を楽しみに回り道して銀行に行く

朝風によどむ空気を入れ替へてこの部屋に縫はむ今日の一日

生誕劇の天使の衣裳を縫ひあげぬ肩に銀色の鈴をかざりて

棚陰に冬越す蜘蛛を掻きだして手にせし雑巾容赦もあらず

葡萄棚に触るるがに飛ぶ鶲《ひは》の群れ過ぎて一羽の尉鶲来ぬ

時と共に

時とともに移ろふ己の心にも寂しくなりて今宵はゐたり

幾年も苦しみし汝の結論か母親われの言ふことは無し

空しかりし歳月と思ふことなかれ孫は十五の春とならむを

標たてて待ちし竜田草花咲きぬ隣の猫よ踏むことなかれ

萌ゆる日を白根葵の待ちをらむその土に今朝も霜柱立つ

筒鳥

朝の山に筒鳥の鳴く声聞こゆ柴刈りし日々を思ひ出せよと

生れし家の木小屋《きごや》の前に咲きをりし九輪草に逢ひぬ今日この山に

草取るか床屋に行かむか迷ふ夫よこの暑さなり昼寝にしませ

檜葉はひば楓はかへでの音させて庭の繁りに風の吹きすぐ

今のいま開かむとするしろたへの泰山木にみなぎる力

雨上がりの浅瀬に群るる鮠の子を見知らぬ少年とひとときを見つむ

紅葉マークを車につけて運転す今日より吾は高齢者となりて

九州の旅

テーブルの楊枝立てをも満たしたり吾が留守の間の夫を思ひて

洗濯機の使ひ方幾たびか夫に言ひ四日の旅の支度ととのふ

福沢諭吉十九歳まで勤しみし土蔵二階の窓は小さし

福沢諭吉生家に遺るその母の慈愛の逸話にほのぼのとせり

宇佐神宮の「三之御殿」まで巡りたり一位樫また楠の繁る下

丹塗り門の屋根に実生の何の木か四五本立ちて青葉となれり

百日紅

産声をあげることなく逝きし子の齢かぞへゐる今年も吾は

裏庭に百日紅《ひやくじつこう》の咲きをりき歳月隔たりてかへる哀しみ

石投げて吾が窓割りしより幾年か少年は挨拶して通りゆく

向かひ家の双子のいづれが習ふのかリコーダー聞こゆこの夕暮れに

灯を消して鈴虫の声を聞きてをり八月二十九日吾が誕生日

吾が不安限りなけれど先々に主の御支へを信じてゆかむ

八方尾根

二〇〇六年（平成十八年）

赤米の穂の傾きし峡に来てキリギリスの声久びさに聞く

蚊帳の辺に夜毎キリギリスの鳴きたりき記憶の中の子らは幼く

柳蘭の花おとろへし斜り行く吾がロープウエイは八方尾根を

這松を被ひて霧の寄せ来たり山の冷気は吾を包みぬ

萩の花しだるる庭に思ひ見る白毫寺にも咲きゐる頃か

伊吹山

伊吹山の花の季節はすでに過ぎ草中に竜胆の紫はつか

足元にナギナタコウジュの花小さし気づかひ登る夫の後を

頂の倭健命《やまとたける》の石像は面おだやかにてあご鬚のよし

そここの草に埋もるる白き岩に聞きたかりき倭健命のことを

壬申の戦の跡と伝へたる黒血川今もとどろき流る

関ヶ原の決戦場の田畑広く彼岸花あかく畔をつづれり

上高地

白き土砂崩れし跡の荒々し明神池まで小径をたどる

来む春の蕾かかげし富貴草は玉かと紛ふ実を抱きたり

杉苔の間に小指の丈もなく米栂の実生三年目といふ

しばしばも足とめて聞く梓川の瀬音は木々の茂み隔てて

霜に滑る河童橋より仰ぎたり朝日にあかく染まる焼岳

吾が庭に今年蟋蟀を聞かぬまに秋深まりて夜なよな寒し

転作せし豆畑は収穫されぬまま日にさらされて冬に入りゆく

事過ぎて

安らぐといふにあらねど事過ぎて今日は来てみつ汝の新居に

否応なく時過ぎゆきて吾にのこる形変れる哀しみのなほ

胸のつかへ払ふか猫は朝の土手に草嚙み止まず平たくなりて

遠く来て聖橋より望むニコライ堂丸屋根低しビルの間に

教会の庭に花壇の手入れする若き女性のロシヤ語を聞く

雪ふりし山の湯にはらから集ひたり杖ひく兄を頭に五人

幾たびか連れ立ちし義弟今年亡きをそれぞれ胸に卓を囲みぬ

義兄逝く

雪かづく御嶽山の空遠くすでに旅立ちし義兄《あに》かと思ふ

埋葬して一夜過ぎたる義兄の墓を今朝の霙は濡らしゐるらむ

シベリヤに抑留されゐし四年間を義兄はおほよそ黙して逝きし

労を惜しまずよく働きしこの足とお骨拾ひつつ誰か言ひたり

久々に故里木曾に向かひ行く山近づけばいそいそとして

山越えて嫁ぎし大叔母が故里を恋ひ泣きしといふ此処の御堂に

木曾馬牧場馬塞《ませ》の辺は厩舎の匂ひして六十年前の思ひふたたび

村あげて草山を焼き木曾馬の放し飼ひする糊口《くちすぎ》なりき

春近し

寒き夜を何にしのがむかと立つ厨に米も野菜もある有難し

昼餉終へくつろぐしばし裏川に春思はする鶺鴒の声

背に肩にハッカの匂ふ薬貼り亡き母と同じ嘆きするなり

明け方の夢に出で来て何か言ひし亡き母を一日思ひて過ごす

午後の日に針槐の林明るみて鶫《つぐみ》飛び去りし後のしづかさ

春来ぬと片付けたりしセーターを今朝はこほしむ返る寒さに

結ふことの叶はねば髪を短くして心楽しまず昨日も今日も

この頃は口笛を聞くこともなし茂吉歌集を読みゐて気付く

アカンサスが萌えしと庭に夫の呼ぶ朝の寒さに籠れる吾を

丈半ば雪に埋もるる石楠花の蕾はうれし母の墓処に

とりとめなき言葉交して心足り日の暮れ前の峠をくだる

韮

時を掛けかぼそき韮を洗ひをり夫の畑に獲れし初物

久々のクラス会なりき吾を見て母によく似ると君も君も言ふ

幾許の時過ぎにしやバラ色の十七歳と呼ばれし日より

板書されし「万葉秀歌」の朗読に始まりき吾らのホームルームは

それぞれの五十余年は言ふなかれ唯楽しまむ出湯を共に

鳥居峠

五平餅の匂ひしてゐる奈良井宿を素通りして峠の登りにかかる

鳥居峠の径に散りぼふ栃の花いにしへの人を心に踏みぬ

武田軍の数多の死者を埋めしといふ「葬《はふ》り沢」あり鳥居峠に

葬るとは放ることとかと覗き見る「葬り沢」暗し繁る青葉に

遊歩道の橋新しく架け替へて青葉の沢に木の香親しき

連れだちし峠の登りに思はざる夫の健脚に吾はかなはず

今朝夫が摘み来し胡瓜三本の少し曲がりて花殻を付く

初獲りの胡瓜を西野川に流す慣習《ならひ》まだ故里に残るや否や

胡瓜揉みを母に手ほどきされし夏吾に夢みる未来のありき

孔雀羊歯

孔雀羊歯の若葉揺らして降る雨に今日の心のいくらか和む

背を屈め鋸の目立てを夫のして去年より老いしといふこともなし

軒先に月光明るし吾が明日にささやかなる期待持ちて眠らむ

蒸し暑く曇る昼過ぎ子規庵の糸瓜さがれる下に佇む

何を尋め此処に来しかと問ふ如き子規の写真に見つめられゐる

戸隠連峰

戸隠連峰と吾を隔つる昼の霧たえず動きて晴るることなし

足元に跳ねるバッタを懐かしみ戸隠原の草生を歩む

鏡池のうつす白雲波に揺れ山吹き下ろす風の涼しさ

誰が折りて浮かべしか笹の舟一つ水泡とともに岸にたゆたふ

夫の作る瓜を漬け茄子を漬けささやかなる充実にわが夏の過ぎゆく

「老人は夢を見る」といふみ言葉に老いゆく吾の楽しくなりぬ

主のことを君忘るとも片時も主は忘るまい常臥す君を

声あげて子ら駆け巡る公園に栃の芽ひかる今日イースター

Ⅱ

二〇〇七〜二〇〇九年

上山

二〇〇七年（平成十九年）

上山《かみのやま》の熱き出湯を三日浴び吾が「五十肩」癒えゆく兆し

藁沓はき佇む茂吉を幻に最上川の堤をはるかに望む

春の芽のこぞりて立てる太き松幼き茂吉をわれ思ひゐつ

草鞋《わらぢ》はきて東京歌会に出でしとぞ戦後の茂吉を講演に聴く

郵便袋を背負ひし人はリズムとりて山寺の石段登り行きたり

芭蕉を思ひ茂吉を思ひ登り行くみちのく立石寺に蟬はいまだし

光太郎と賢治

このやまのすべてを詩人は慈しみ夜来る鼠も追はず眠りき

この炉端に「暗愚小伝」つづりしかその詩の心今に新し

光太郎が厠の戸口に刻みたる「光」の文字にわが足留む

栗の実は「山のともだち」せしめしか径に幾つも毬のみ転ぶ

切り抜絵の真紅の苺九つに智恵子の命の叫びを見たり

花巻の土人形「福助」に思ひ出づ吾が家の神棚に煤けてありしを

「風の又三郎」泳ぎし淵はかの丘の陰のあたりか森黒くみゆ

「イギリス海岸」の白き岩まで波は寄せイーハトーブは様変りせり

目まぐるしく世は移るとも動かざり「雨ニモマケズ」の理想の人は

男鹿半島へ

寒風山に続く如くに見えるといふ白神山地を閉ざす夕霧

海岸の北緯四十度の標柱にけものの如く叫《おら》ぶ風あり

「なまはげ」は或いは海より来し者か神とも鬼とも伝へて残る

入道岬の入江はなぎぬ水底の岩まで翡翠の色に透りて

往き来せる修験者熊野より伝へしか「秦の徐福」の跡を残しぬ

端正なる寒風山は藍色に時雨るる夕べの雲を抜き出づ

「なまはげ」が築きし石の段といふさもありなむか杜の暗がり

荒れし田を見て来し目には和ましき大潟村の稔り田広く

日に四度薬を飲みて巡りたり男鹿の出湯を浴むこともなく

峠の茶屋

峠の茶屋ありしあたりに立ち止まり藪陰に乏しき水音を聞く

幹太き唐松林を仰ぎつつ五十余年の過ぎゆきを思ふ

草刈場広々と此処にありし日よ木曾馬に命を削りし人らよ

木曾の山に生れ育ちしを宝とも思ひて吾の齢深まる

亡き父の購ひくれし擂鉢は五十年あまり使ひて割れぬ

薯蕷汁《とろろじる》大鉢にあふれ父母祖父母ら十人余囲みし冬の夜なりき

記憶

起き抜けに軍艦マーチ聞こえたり十二月八日七歳の記憶

南の島の鼠に義兄は命つなぎマラリア熱に苦しみたりき（義郎兄）

雪解けの地蔵峠を義兄と越えき道の隈みを指に数へて

吾に向き節分草は咲く如し膝をかがめて相見るしばし

節高き手を握り合ひ思ひ出づフォークダンスを踊りし頃を

復元住居

縄文人の竪穴住居居心地よし何処ともなく枯れ草匂ふ

狼の声のする夜を思ひみる縄文の竪穴住居の中に

角製か骨製かこの細き縫ひ針八千年前に使ひし人あり

四千年を経し人骨の手首にある猪の牙のブレスレット太し

銅鐸の響きに神の声を聞きてはるかな御祖ら稲を作りき

薄羽白蝶

薄羽白蝶ひらひらと飛ぶ尾根の径ゆるき登りを夫と携ふ

この畑の麦の穂出そろふも間近なり今年は夏帽子新調せむか

平凡を吾に願ひし母なりき平凡は平穏につながらざりき

雨晴れて今朝はひときは藍色のにほふが如き常念の山

私より先に死ぬなと母言ひき今その言葉を子に吾の言ふ

喫煙は夫唯一の楽しみなり此の煙の臭ひも言はずにおかむ

天狗の露地

二〇〇八年（平成二十年）

「天狗の露地」へ登るも幾年ぶりならむ夫の足どり今日確かなり

まなしたに動きゐし霧いつか晴れて三城牧場の赤き屋根見ゆ

草叢に螢群がるを子らと見きこの農場に年々に来て

連れ立ちて歩むは楽し遠く見ゆる街の灯の上に花火の開く

菅江真澄

萩すすきかきわけてこの桔梗ヶ原行くと記しき菅江真澄は

板敷にて臼ひく音かと浅間山の噴火を聞きしはここ釜井庵

蕎麦の味の似ると記しき木曾寝覚と秋田沼館を菅江真澄は

木曾の山に育ちしわれらの心惹く東山魁夷のあをき山の絵

先のことは言はず訊ねずわれら姉妹二日の旅を終へて別れぬ

亡き母に教へられしを思ひ出し炬燵の布団今日仕上がりぬ

天竜川

天竜川に船行き交ひし日を思はせ龍江の集落岸近くあり

筏にて米運びしと記録ありこの天竜川《てんりゅう》の三百六十年前

赤彦が万葉集を講じたる建物古りて高きにのこる

病むといへど生気の満ちし千鶴の歌「生きのまにまに生き抜かむ」とぞ

大正昭和の田舎の暮らしうらがなし金田千鶴の歌集を読めば

スンキはもう作りてやれずと言ひたりき入院前日友は電話に

雉子の声を真似つつ下校せし頃の甦りきぬ雪降る今日は

夫作りし蒟蒻芋を練り固む七十歳過ぎてはじめてのこと

定まらぬ心のままに三日過ぐ「主よ何処へ」と問ひ続けつつ

馬鈴薯の芽

地を割りて馬鈴薯の芽は伸び始む良きことあらむ心地にかがむ

蜂の子の調理法など身振り交へ故里木曾を話せば楽し

水豊かに水車は回り粉篩ふ母の辺にわれは遊び飽かざりき

「青草の野に休ませ」と声に読む詩篇二十三篇に故里の村を重ねて

西野峠を進駐軍のジープ登り得ず斯くして学校視察潰えき

御嶽の山麓を開墾する重機日々に唸りて村を変へにき

終の別れとなるかも知れずバスの窓に手を振り合ひぬ涙ぐみつつ

普段履く靴が重いと言ふ夫につききてスニーカー売り場を巡る

御料地

二〇〇九年（平成二十一年）

この木曾を尾張藩よりも苦しめし明治政府とぞ『夜明け前』の一節

「目に一丁字なし」は事実か明治九年御料地調査に立ち会ひし村人のこと

瑞々しき山葵を前に母の顔はくもりき御料地のものにあらずやと

故里の檜は兄が植ゑくれき幹に苔まとひ成長おそし

高野槇はひかり求むるのか軒を越えただ上にのびて幹弱々し

柱ごと寄せ木細工に補修して江戸時代の草庵「釜井庵」残しぬ

長興寺の洞月和尚に学ばむと菅江真澄は此処に留まりき

宝剣岳

朝霧の動きて宝剣岳《ほうけん》あらはれぬこの山を見つつ夫は育ちき

宝剣岳より流れ下りし大田切川碧くのどかに石の間をゆく

茅葺の屋根を支ふる太き梁二百七十年を一日のごとく　（駒ヶ根竹村家）

手斧《てうな》仕上げの黒きつやもつ馬屋の柱あまたの人の手触れし思ふ

書院の障子に秋の光のやはらかし江戸の世に通はむこの静寂は

名主の家の格式を留むるこの式台拭きこみしあと白く晒れたり

玉《ぎょく》の杯に今宵いただくこの生酒《きさけ》とろりと吾の咽喉《のみど》をとほる

十年目となりたる会の顔ぶれの老いを言ひつつ気勢おとろへず

秋の日

今朝の雪根雪となるか谷筋の真白き富士を須走《すばしり》に仰ぐ

故郷のサバンナに思ひ馳せゐるか豹は芝生にぽつねんとして

サファリパークを車に行くはサル目ヒト科猛獣よりも馭しがたき動物

秋の日ははや傾きぬ鱗雲に触れてそびゆる藍色の富士

家畑にとれし白菜豊富なり朝は浅漬け夕餉に八宝菜

まみゆるなき人懐かしく読みすすむ『鈴木順歌集』*今宵は百首

＊ アララギ選者、落合京太郎先生の夫人

小坪の谷に梟の鳴く歌ありて吾が長く住みし木曾思ひ出づ

戦ひの最中に幼を亡くされし嘆きが一生の歌となりたり

直江津の海

ホテル・インパールを知る人に会ひし夫の声六十年前を話して高し

城址より直江津の海遠白く子ら伴ひて来し日思はす

越後より能登まで領地を広げたれど謙信五十年に満たぬ生涯

電線に雀らしきりに騒ぎ立て西の方より雪近づきぬ

西風の寒く吹き荒るる日の続き軒下に置く葱は凍みたり

折り合ひをつけつつ二人は五十年この頃チャンネル争ひもせず

節分の豆まきもせず常の夜のごとく別々の部屋に読み継ぐ

石井登喜夫先生

先生の試歩百五十歩をかなしみぬ八十メートルになりしや否や

「この頃のあなたは調子が落ちてゐる」先生のメール今も心に

受信ボックス開きみるとも先生のメール届かずこの先永久に

崇福寺址に拾ひし楓の枝二十年経て居間の窓辺に若葉蔭なす

いきいきと「世界で最も寒い村」に暮らす人々われを励ます

十大弟子の一人となりて永久に須菩提《すぼだい》少年の清しさに立つ

故里の丘

母の墓に祈り下さるる牧師の声われの心をやさしく導く

墓原の風はなぎたり母好みし讃美歌四〇四番歌ふひととき

久々の故里の丘に思はるる病み臥せる友すでに亡き友

母馬の草食むかたへに寄り添へる子馬の足は時によろめく

短歌衰微キリスト教無力と今朝は読む吾が一生を恃まむ二つ

雨に濡れ紫露草咲きはじめ吾に今日読まむ一冊があり

吉野山を窓に見てゐる夢なりき姉夫婦健やかに吾ら夫婦と

教会の十字架は高く掲げませ訪ね求むる者の印に
信じて生きる喜びに伴ふ寂しさを牧師はこの朝しみじみ語る

Ⅲ

二〇一〇〜二〇一五年

B29編隊

二〇一〇年（平成二十二年）

B29編隊の爆音に吾が怯えにき富山に大空襲ありし真夜中

御嶽をB29の編隊過りゆき焼きたり富山の恭子さんの家を

詔勅を聞きて「負けた」「いや違ふ」口論せり父は小学校校長と

抱かれて峠越え来し英霊を道に並びて吾ら迎へき

信濃画帖

わが村に加藤淘綾画伯きたりき陰影鋭き木曾の御嶽
（定本信濃画帖）

月夜沢峠に迷ひし淘綾画伯暮れ果てて宿に引き返したりき

放し飼ひの馬たむろする開田村『信濃画帖』に描き残しき

干草小屋《くさがら》のスケッチありて甦る干草あまく匂ふ日だまり

おふくろの梅漬け良しと子は瓶に満たし携へてこの朝去にき

蝸牛に似たる歩みに氷河ゆく雁部貞夫氏わがまのあたり

八月の木曾の山々ただ青く何処を見ても義兄《あに》はいまさず　（浦沢の義兄）

義兄を葬る読経の間に聞こえしか姉呼ぶ義兄の若々しき声

病知らずと思ひし義兄に肺癌は何時巣くひしか術なきまでに

良き車求めて人生楽しめと義兄言ひましき終のベッドに

軒先に薪を積みて人は住む「木曾古道」の標新しくして

古への「吉蘇路」まで遡り得るや否や谷の段丘に家つなぐ路

節黒仙翁咲きゐたりしかこの道を古への人往き来せし日も

富士見高原

富士見野の稗之底《ひえこれぞこ》村址に湧き出でて田畑潤す水豊かなり

高原の朝の霜踏み歩みゆく君の靴わが靴したたか濡れて

かかる日の再びあれな君とゐて西に傾く朝の月を見る

アララギの朱実を此処に詠みたりき茂吉三十九歳渡欧の前に

クラレットが翡翠の杯に回りくるこの集りのかりそめならず

子に世話をやかれて年越し蕎麦をゆづ「そばや」の娘われも形無し

「ざるそばと煮豆は似合ふ」母真似てそば茹でながら煮豆を分かつ

バス停

ビルの間に雪の乗鞍《のりくら》岳遠く見え心和ましこのバス停は

着る日なき和服を広げまた仕舞ひ斯くしつつ母の齢近づかむ

向かう斜面に鯉幟立つ一軒家日差しまともにひかる矢車

バターをぬりナイフに切り食す茹で馬鈴薯《じゃが》か夫の思ひ出吾と異なる

祈ることは委ねることと教はりき身も心も軽し祈りし後は

庭隅の檜葉の木蔭に鵙のゐて夫と吾とはコーヒータイム

村の教員

二〇一一年（平成二十三年）

教員の夫に従ひ汝を連れ此処に住みにき蚕室借りて

嬰児を逝かしめし夏を耐へたりき三歳になる汝を恃みに

アイロンにて汝が手に火傷をさせし日のありありとして五十年経ぬ

唐沢の手打蕎麦をと言ふ汝と携へて来ぬ幾年ぶりか

草中に花咲き残るげんのしようこ吾がために摘む一握りほど

移り住みし木曾蘭《あららぎ》に君と会ひ歌詠む楽しさ吾は知りにき

君に借り読みし『ドナウ源流行』われを茂吉に目覚めさせたり

稲架

出で来れば稲穂なみうち過る風われに纏はる憂ひ吹き去る

稲架《はざ》を組み稲かけてゐる五六人家族総出か幼子もをり

生徒らの消息を次々問ひ給ふ先生は六十年経ても先生　（丸山彰一先生）

また来むと呟く吾に無理するなと言ひます君のしづかなる声

植《とき》とはつりがねにんじんのことだよと黒田英雄先生かの日笑顔に

牡鹿半島・大震災のあと

牡鹿半島に二百越す屍が寄りつくと大津波を聞く今日のニュースに

助けあひ生きてゆかむと青年の言ふは頼もし避難所生活を

ほととぎすの鳴く牡鹿半島巡りたる夫との旅が吾にもありき

芭蕉の跡黒滝向川寺に立ちし茂吉「時は逝くはや」と詠み残したり

義仲の隣に葬れと言ひ遺しし芭蕉の真の心知りたし

遠く来て直《ただ》に見上げしスカイツリー夕暮れ時の雲をつらぬく

飛騨鰤

飛騨鰤を仕入れに行きし曾祖父か高山に残る宿帳に「西野の儀七」

あらくれに混じり立木の売買して名を馳せし女は吾の大叔母

樹齢四百年の檜の梢に風ありてわれを誘ふ蒼き虚空へ
（赤沢自然休養林）

伊勢神宮の御神木を伐る稽古せし小ぶりの切り株二つ並びて

氷《こほり》が瀬に入りゆく茂吉一行を心に乗りぬ森林鉄道に

木曽の山の梅花黄蓮忘るまじ連れ立ちし仲間一人一人も

巡礼に出でむと願へど「この日々が巡礼」と応ふもう一人の吾

赦されて共に天上に集ふ日に望み抱きて友を葬りぬ

石灯籠

二〇一二年（平成二十四年）

石灯籠の石組み崩れて庭を占む震度五強の地震の瞬間

地震にてこぼれし朝餉の味噌汁をそのまま半日右往左往す

天袋より地震《なゐ》の落せる『矢内原忠雄講演集』目の前にあり読めと如くに

「山登りを止めたら歌も止めたらう」雁部先生の講演に聞き留む

高速道にて帰京する子と別れたり韮崎に蕎麦の昼餉せし後

ゆく雲と留まる雲あり天高し旅行く心に風に向かひぬ

平穏は戻るかにみえて恃めなし今宵また地震ありしテロップ

下呂の湯

山の湯に胸の閊へのとれしわれか二合を夫と知らぬ間にほす

川に添ひ長き畝なす茶の畑わが親しむ白川茶は此処に育つか

老いし者に甘き物下げて帰省せり大阪より東京より年越しせむと

この一年亡くなりし友五指にあまり哀しむ中に遠山貞さん

午後の日に白くかがやく鉢伏山肩のあたりに雪煙あがる

住所録

降る雨になほも俯き片栗の群れ咲く花原見過ぐしかねつ

亡き人を老いて便りの絶えし人を思ひて住所録整理すすまず

妻君の遺されし雛人形幾年も一人飾りき宮地伸一先生

（歌集『潮差す川』）

雪消えて昨日に変る麦の青何せむとなく心のはやる

隣ベッドに夫の寝息は乱れなく吾は寝返り繰り返すのみ

岸に咲く辛夷の花は白妙に聖湖《ひじりこ》の空雨雲ひくし

それぞれの思ひを胸に湖岸の茶房に長し降る雨を見て

谷川のたぎちの中に放たむか生きの命のこの寂しさは

姉妹

花終へし碇草の葉群ゆたかなりわが姉一人住む庭の隅

姉妹四人黒部渓谷訪はむ願ひ果し得ぬまま齢すぎにき

耳遠き吾ら姉妹の交す話くひちがふとも心の和む

底無しと言はれし沼は七十年の間に金鳳花《きんぽうげ》咲く野と変りたり

シャガールの描く故郷は親しかり店に吾が知る皿秤置く

店先にパン屋がパンを並べゐるシャガールの夜明けの空はくれなゐ

カリン語による聖書　　　　二〇一三年（平成二十五年）

カリン語に訳されし聖書手に重し四十年余をかけて成りたる

多民族国ネパールに言語は六十余その一つカリン語の聖書ぞこれは

カリン語の文字をつくりて聖言《みことば》を綴るプロセスに歳月潰えき

千二百冊のカリン語の聖書は八頭の騾馬《らば》の背に運びきネパール奥地へ

イエス様は来てくださりぬ言葉も無く座る夫と吾の間に

おこじょの餌場

綱を張りおこじょの餌場と標たつ岩累々と暗き林に

熊よけに木曾節歌ひて峠越えし父思ひ出づ熊出でしニュースに

村に一人の代書人父は役所まで六里の山路を日帰りしたりき

唯一度父を支へて歩みたりき病む心臓に手を当ててゐき

わが木曾の峠をスノーシューー履きてオーストラリアのツアー客越ゆとぞ

善知鳥《うとう》峠越えて見放くる伊那の谷遮るものなく冬日あまねし

故里の峠に兄を思ふのか夫は呟く「逝つてしまつたなあ」

年の瀬の忙しさ離りて天竜の川辺の鰻屋に夫と来たりぬ

上の姉

エプロンして常に台所にゐし姉の面被はれてしづまりいます

九十四歳大往生と人は言ふ亡き姉に禍事も吉事もはるけく

幼子の一人背に負ひ一人の骨を携へ帰りき満州より姉は

故里のこの家に甥姪その子らとかかる団居の吾にまたありや

ストレスを楽しむといふ人もゐる心の重き折をり思ふ

屋上の駐車場に来て見るものか夏空にきはだつ槍ヶ岳の秀

朝の光

二〇一四年（平成二十六年）

南遠き白雲に朝の光を見ておもむくままに歩みを伸ばす

朝川の浅瀬の今を吾がものに鮠の子自在に散りまた集ふ

縁側にて吾にお手玉を縫ひくれし祖母の齢になりしにあらずや

白樺峠にさしばの渡り見むと行きし汝の車は何処あたりか

針槐の木々傾きて暗き沢はせせらぎの音とわれの足音

おだやかに晴れしを喜び出でて行く夫は菊花展われ短歌会

銀杏切《いちやうぎ》り賽の目切りに千六本大根のレシピ母に習ひき

筆の跡

やはらかに流るるやうな筆の跡ぬくもりのあり岡麓の書は

「歌は調べそして感動」と岡先生の遺されし言葉記念誌に拾ふ

木の香する森のレストランにやすらぎぬ熱きコーヒー一つのお焼き

長く暗き越中の冬を単身赴任の国守家持は如何にいましまししか

家持に繋がる越中二上山氷雨けぶる中しかと目に留む

廃仏毀釈に潰えし寺の跡と伝へ広き墓地あり線路の脇に

西窓にわが心ひく常念岳つねに念ずる僧ゐるといふ

柘植の櫛

頭痛にはこれが一番と柘植《つげ》の櫛を木曾にゐる姉吾にくれたり

憲法九条を忘るるなかれ武器は持たぬと吾ら約束したりしことを

一茶館の桜咲き盛る下蔭に「苦の娑婆や」と立ち翁はいまさむ

「古桜倒るるまで」咲くと二百年前一茶の詠みし坪井の桜これ

自転車を父の助けに習ひゐる少女は春のひかりを纏ふ

中央に清水多嘉示の裸婦立てり気品に満つるそのたたずまひ　（八ヶ岳美術館）

車山のレストランは吾ら二人のみリフトに草山行く人を見て

信濃の国園原にある帚木《ははきぎ》の話となりて眠気醒めたり

「百竹亭コレクション」の色紙に自在なる伊藤左千夫の筆跡残る

屈託

二〇一五年（平成二十七年）

悪筆に苦しみましし五味保義先生に吾はますます親しみおぼゆ

葦群にたつ夕風よ吾が纏ふ屈託を根こそぎ剝ぎ取りて吹け

気にかかる一つを胸に夫も吾も黙して公園のベンチにゐたり

検査まへ夫の食事は朝白粥昼もまた粥夜はスープのみ

下剤を飲み胃腸を空にせねばならぬ今宵の夫に旨寝《うまい》はあらず

幾重なす雲にまぎれて西空に大滝山の平たきいただき

医師看護師あくまで優しくＣＴの所見は記せり「転移の癌あり」

わが夫の寿命を二年保証すと言うてくださいたとへ嘘でも

新蕎麦

安曇野の新蕎麦共に楽しまむと子の車に夫と伴はれ来ぬ

台風に乱れし朝顔の蔓を直し病抱ふる夫とも見えず

抗癌剤の副作用と知らず石鹼に夫は黒ずみ来し皮膚をこすりき

クレパスにて夫は熱心に山を描くドライアイにしばしば薬をさして

とめどなく唐松黄葉の散る林夫とたづさふ今を惜しみて

夫病みて花梨の消毒摘果もせず朝あさ庭にころがる幾つ

日の入りてなほ暖かき二階の部屋ほつこりとして用事忘るる

ネパール便り

サトウキビの繊維に漉きし封筒に鳥羽先生のネパール便り

ネパールの奥地伝道四十五年か鳥羽季義先生の輝く白髪

チベット系の言語を話すかの村よヒマラヤ越えなばチベットなのか

御嶽山の麓のわが村を民俗学者ら日本のチベットと言ひき

駱駝の背に厚き絨毯重ね敷きキャラバンは何処へ星降る夜を

（平山郁夫美術館）

月明かりに砂丘越えゆく旅人は楼蘭廃墟の風を聞きしか

勢ひよく飛び立つ白鳥の群を見て夫言ふ鳥は癌病まぬのか

速　歩

麦青む畑畔を来りて橋を渡り今朝は速歩に晴ばれと行く

南遠く靄しづむ故里木曾の谷訪ふこともなし三年あまり

満作の花咲く峠を越えたりき町の高校に入学せむと

川の上高くまた低く燕《つばくら》は頭あげよとわれをうながす

少女ハイジの如く生きたしと書き遺しき友は教会の「自己紹介集」に

清々しき一生《いつしやう》なりき純粋に繊細に少女の如く一途に

急流

急流を流れくだる如き感覚に時はすぎゆく否応なしに

永遠の命につながる説教を眼つむりて吾は聴きたり

午後八時すでに熟睡せし夫を起こしたくなる用もあらぬに

特別展観に行き得ざりし吾のため『鳥獣戯画の謎』子は求め来ぬ

亡き父の手作り梅エキス恋しかり夫に食欲の無き長き夏

秋の陽にサマーキャンドル花咲きぬこの家の主の受洗祝して

Ⅳ

二〇一六～二〇二〇年

木の葉の妖精　二〇一六年（平成二十八年）

風荒るる夜更けの寝間の障子戸に木の葉の妖精ジルバををどる

病む夫の傍へにたちまち季の過ぎかの日の早苗田すでに穂を垂る

有明山真向かひに見る丘に来て夫は言ひたり「ああ空が青い」

浮腫《むくみ》ある足をスニーカーに押し込みて夫は秋海棠咲く庭に立つ

短歌の投稿続けてゐるかと夫に言はれ久々に推敲ノートを開く

練り味噌を今朝はねりつつ和ましき母が傍へにゐる心地して

一杯の水

喉のとほり悪しき夫が一杯の水飲み終るまでを見守る

苦しみにいかほど吾は添ひ得しか眼を閉づれば夫の面差し

医師に応へ「おう」と言ひたる夫の声逝く前の日の終のその声

血圧の徐々にさがりて冷えてゆく夫の足先にぎり祈りき

玄関に亡き夫の下駄揃へ置く今もすこやかにいますごとくに

入院せし夫みに行かむとこの道を急ぎしかの日は望みのありき

明日吾のしなければならぬ事はなに指示を求めて祈るしばらく

面白くなくとも笑へと友は言ふ夫《をつと》亡くしし吾励まして

蕗の薹

胸に凝る哀しみはそつとそのままにひたすら歩く春浅き土手

蕗の薹並んでゐるねと話しかけむ亡き夫われのかたへにあらば

道路拡張の赤ランプ灯る十字路にふと戸惑ひぬ見知らぬ町かと

日に三度眼をあげて山を空を見るわが視力のため心のために

雪解けて屋根よりしきりに落つる音巡り来む春に夫のいまさず

聖書の記す「終末の徴」戦争地震飢饉噴火はあたかも今の世

震災の浪江町より逃れ来し人と礼拝せり五年になるのか

この坂を登るとも母校すでになく吾が上に六十四年過ぎたり

豆炭あんか

豆炭あんか腰に結はへてゐたる伯母今の吾が齢か寒さ身に沁む

川のうへ燕自在にひるがへり夫ゐし去年にかへるすべなし

戦争は人を狂はすを為政者よよく見よ沖縄にまた女性の犠牲

青葉に降る霧雨暗き木曾の谷夫の葬りに子らとたづさふ

この峠共にをりふし越えたりき今日わが夫は白木の箱に

己が手に記しし墓標「信望愛」その下に夫よ安らなれかし

太き茎立ちて咲きのぼるアカンサス色はまれなる古代紫

平出遺跡

北に見る穂高岳の峰にひかる雪平出《ひらいで》遺跡は白詰草の花原

縄文時代の廃村エリアの標ありてあちこちの窪み住居跡といふ

このむらの五千年余を支へたる泉が今も森の辺《ほとり》に

落葉樹の植林ありしか平出遺跡の土壌に栗鬼胡桃の痕跡

縄文時代の住居に火災の跡残る暮らしのあとのありありとして

縄文人の死因に弓矢の傷なしと聞きてうらやむ遠き昔を

今の時代を五千年後に発掘する人類果してのこりゐるのか

われ一人

夫逝きてわれ一人此処に生きてゐる居たたまれず起きる昼を眠りて

原爆と原発に人類滅ぶのか聖書の記す「残りの者」も無く

三つづつ三段成りし大きトマト傾く支柱が助けよと呼ぶ

この夕べ共に食事する息子ゐて吾のコップにビールを満たす

礼拝後誕生日を祝福されてをり八十二歳すこしよろけて

もう一度人生あらばなりたかり何処か高山《たかやま》の小屋のあるじに

北の空　二〇一七年（平成二十九年）

北の空に雲のさざ波仰ぎみてゆつくり歩むどこまでも歩む

去年の秋スーパームーン共にみし夫なく仰ぐ中秋の月

白く咲く木槿にまつはる思ひ出も淡あはとしてわが齢過ぐ

彩りが派手と譲られし肩掛けを今なほ使ふ四十余年を

産みの母義理の母二人と信仰の母には杉山筬江先生

空の何処にある月ならむやはらかき光差したりわが障子戸に

落葉敷き秋の林に眠らばや願はくは十三夜の月てる下に

芥子坊主山

病院に去年携へし山茶花の庭に咲きはじめ夫は世になし

わが家より常北に見る芥子坊主山に子と連れ立ちぬ紅葉散る日に

奈良時代須恵器焼きたる窯跡の小さき祠に注連縄あたらし

首ながく池の最中にゐし白鳥一羽が飛べば五六羽つづく

白鳥のインフルエンザ疑ひ晴れ遊水池の立ち入り自由になりぬ

もう二年生きたいと夫は言ひたりきありありと甦る今日一年忌

戦ひに勝てば平和が来るといふトランプ氏の考へ諾ひ難し

若　水

若水は戸主が泉に汲むならはし今故里に果して残るか

御料林の見回りをする役人がわが家に泊る上客なりき

編み目細かき葡萄《ぶんど》脛穿《はばき》雪にまみれ峠越え来ぬ竹籠売りは

飲み過ぎるな言ひつつコップに酒を売る母思ひ出づ寒きこの夜

小灯《ことぼし》を待つ母と雪踏み行きたりき蕎麦粉ひく臼のきしむ水車小屋《くるま》に

「主吾を愛す」歌ひて二人木曾駒高原歩きし思ふよ今は亡き友

裾あげする三度目となり身長の縮みゆくともわたしは私

雪解けて見え来し小松菜に今日もよる鵯よわれにも少しは残せ

寒き春

転任の夫に従ひ移り住みかかる寒き春に幾たびあひしか

身軽になり老いてゆくべく運転やめ自家用車手放さむ心を定む

亡き夫の常ゐし椅子にわれ座り馬酔木さく庭ながめ寂しむ

くっきりと雪型見ゆる山脈を離れてま白し乗鞍の嶺

あづきなの若芽懐かし土手に見て摘むこともなし夫いまさねば

霧ヶ峰八島湿原

ノビタキの声に度々足を留め霧ヶ峰八島湿原息子とめぐる

ノビタキに郭公鶯聞こえきて故里「駒背《こませ》の原」を思はす

水苔が年に一ミリづつ推積し八島湿原成れり一万年を経て

青空を映してしづもる八島ヶ池シュレーゲルアオガエルか二声三声

ビーナスライン辿り来て一気に下りゆく人住む青葉の暗き谷底に

病む夫のかの暑き日に言ひたりき「ガラスの風鈴の音が聞きたい」

茄子苗

亡き夫と折々に来し「道の駅」子の車に寄り茄子苗を買ふ

八十越えて吾にゆかたを縫ひくれし義母の気力を今更におもふ

万年青の鉢に住みゐる蛙か水培ふ度出で来る親し土の色して

記念樹の高野槇庭に直ぐに伸び吾が孫佑陸《ゆうり》に三年逢はざり

枝しなひ百日紅咲く下に立ち嬰児逝かしめし哀しみ甦る

飲む点滴と甘酒ワンカップ吾に置き次男は早々勤務地に去る

弾む話のあるにあらねど話しつつこの夜わが食事常よりすすむ

アモーレの鐘

「避暑に行かう」と車は山を登りはじむ気温三十五度のわが家を後に

霧の中の道標《みちしるべ》なりし鐘といふ「アモーレの鐘」吾も撞きたり

駒鳥鳴く美ヶ原の百曲り夫とのぼりにき弁当背負ひて

美ヶ原の柳蘭九蓋草の花分けて茶臼山へ夫と連れ立ちし日よ

美ヶ原「天狗の露地」の石ころ踏み夫すこやかに先立ちたりき

障害者は社会に不要と吐《ぬ》かす者にマザーテレサの言葉聞かせたし

何故われは今ここに独り暮らすのか戸締まりしてゐる一瞬思ふ

今朝庭に採りし茗荷を酢につける楽しみ待つ夫今年をらねど

西空に

西空に小さくひかる星一つ慰められて今宵眠らむ

ローマに行くパウロ一行の寄りし島シチリアにカレンさん移り行きたり

教会の婦人会立ち上げくれし友一夜に召されぬ九十三歳

亡き母の銘仙にてブラウス縫ひ得るや己はげましミシンに向かふ

五年間の礼拝週報整理せりめぐみの日々を振り返りつつ

長年の難病より友放たれて逝きましぬ主よ労ひください

物を縫ふ　　　　　　　　二〇一八年（平成三十年）

北窓の下に移りて物を縫ふ病ある目にほどよきひかり

ふと顔をあげて気づきぬこの家にわれを呼ぶ者ゐるはずもなし

木曾谷より飛騨に通ずるこの狭間流れにそひて花咲く蕎麦畑

隧道を出づれば広がる白樺林御嶽山は雲にかくれて

この尾根に霞網張り渡り鳥を叔父は待ちにき七十年まへ

庄屋の家そば屋になりて二代目か細かき系図を食事処に掲ぐ

久々の友の電話に甦る木曾馬市を「おけづけ」と言ひし子供の日

ランタナの花

ランタナの花を切りつつ思ひゐる吾が家のこの花亡き夫知らず

天空に吹く風あるか細波《さざなみ》の雲の中すすむ欠けし月影

街の空を群れ渡る差羽を見しといふ子は駐車場に吾を待ちゐて

かへで紅葉さつきの返り花華やげど吾に寂しさまさるこの秋

朝の冷え昼にも続く長野にてストーブの辺に新蕎麦を食ぶ

靄こむる菱田春草の絵の中の鶴は幾羽かまなこ凝らしぬ

待降節

ローズマリーと藪柑子の小さきリースかけ独りの家に待降節来ぬ

鉢伏山《はちぶせ》に雪降りし今朝もスニーカー履きて歩めば身のひきしまる

共にそこに立ちゐる心地に少しづつ読み進めゆく『明日香に来た歌人』*

＊新アララギ選者の小谷稔の著書

この夜更け暗記をせむと声に読む落合京太郎の二上山の一首

ノーベル賞受賞演説サーロー節子氏の「核は絶対悪」よく聴け為政者たちよ

箱根路の朝のひかりと山の陰駆け抜けくだる駅伝選手ら

朝空を何処へむかふジェット機かわれ礼拝にバス停へ急ぐ

鉢盛山

住み慣れし木曾より姉は移り来て鉢盛山《はちもり》に沈む夕日みると言ふ

夕食後のテーブルに読まむ二三冊置きたるままにとりとめもなし

針槐の冬の林に日の差して背《せな》あたたかし速歩《はやあし》に行く

小鷺一羽川上に向かひ飛びゆけり冬を生きぬく力ひそめて

鉢盛山《はちもり》に斑雪寒ざむと消え残り麓に暮らす姉を思ひぬ

夫ありし彼の日の団居思ひ出し松前漬けを噛みしめゐたり

久々に会ひたる友に止めどなく吾はしやべりき胸の閊へを

戦争容認に突き進む政治家らの気勢削ぐべし吾にも一票がある

強霜

強霜にあひたる土に平たくなりハコベは瑞々しき緑を保つ

ストーブに椅子寄せて読む小半日しばしば窓を過る鶫

西にやや傾く平らは広々と二月の末に春耕はじむ

この丘を田畑とすべく家構へき天正十年武田氏滅亡を機に
（馬場家住宅）

間口九間奥行き七間本棟作りの馬場家を囲む欅の大樹

夜もすがら電線唸る木枯らしに冬の故里よみがへり来る

緋水鶏と水鶏の違ひを電話に尋ね独りの長き夜をやり過ごす

三日月の光の舟にコビトゐて今宵街空にピッコロ奏づ

鹿島槍ヶ岳

くつきりと今朝望みたる鹿島槍《かしまやり》ケ岳いつしか霞み昼の闌けたり

杉花粉檜花粉も飛ぶと聞き麗らかな春楽しまずゐる

目下《まなした》に犀川は滔々と流れゆきおぼおぼ霞む雪の山脈

母の石楠花今年も変らず花開く逝きて二十七年か早く過ぎたり

河原鶸鳴きつつ風に吹かれ飛ぶ公園のベンチに独り見てゐつ

楽しげに夫の運転する旅なりき千住通れば芭蕉を話して

飯盛山の自刃の跡に林立せる石碑《いし》は黙せり旅人吾に

古の和田峠

谷向かうは山桜と櫟の萌黄色古《いにしへ》の和田峠を車に越える

長塚節「天にはるかに」と詠みましし乗鞍岳は春霞のなか

日傘さす婦人と櫂持つ男性とボートに女神湖の波のまにまに

伊那前岳退きて見え来し宝剣岳わが夫生まれし赤穂《あかほ》*近づく

＊駒ヶ根市の中心集落

学徒動員の夫は敗戦の衝撃にこの天竜川《てんりゅう》泳ぎて帰宅したりき

たたなづく万緑を見おろす丘の上聖湖《ひじりこ》は天を映して静まる

ここ鹿教湯に療養されし五味保義先生思ひつつ青き峠を越える

定山渓新アララギ歌会の笠原登喜雄氏を懐かしむ今年の「きたあかり」に

苔を纏ひ横たはりたる巌の上散りて瑞々し小梨の花は

科木の花

科木《しなのき》の花咲き匂ひ夏は来ぬ「のびのび生きよ」と空に声あり

鴉四五羽浅瀬に入りて歩みゐる暑さ極まるこの日盛りを

中天に十日の月は朱をおぶ暑さ凌がむ窓ひらく夜半

父母《ちちはは》と山の豆畑に草取りき七十余年前のわが夏休み

この悲惨語り継がむと広島の原爆忌小学生の言葉頼もし

今宵火星はどの方向に見ゆるかと施設に暮らす姉の問ひきぬ

東の山をいまし出で来る二十日の月南に火星は大きく朱し

水道の蛇口に平ぶる蛙一つ水撒く吾を待つてゐたのか

もう駄目と思ふ日気力満々の日われは交々齢かさねゆく

満州分村

満州分村の移民を拒否し続けたりき嘗ての大下条村佐々木忠綱村長

ソ連軍また八路軍の捕虜となりし義兄《あに》逃亡して彷徨ひ行きし

十五夜の月照る窓を施錠して早ばやと休む一人のわれは

一人暮らしのわれにほどほどの大きさの馬鈴薯を友は携へくださる

北風に庭の花梨の転がれり虫食ひなれど良き香りして

阿寺渓谷　　　　二〇一九年（平成三十一年・令和元年）

阿寺渓谷の釣り橋を黒田英雄先生に従ひたりき揺れに揺れつつ

阿寺渓谷の湯宿に茂吉赤彦は歌詠みあひきこの碑の歌を

木曾谷の「木楽舎《きらくしや》」といふドライブイン山椒の擂子木手に取りて見つ

亡き母の好みし松虫草咲きをらむ故里駒背《こませ》の秋を恋しむ

台風に牛伏川《うしぶせがは》の葦倒し流るる水は堰越えとどろく

保福寺峠の万葉歌碑前に太田達子先生「履著け吾背」を熱く語りき

木曾の麻織物残さむといふ新聞記事に幼友達の名前がありき

裏庭の雪積もる上に織りあげし麻布晒したりきわれらの家は

野沢菜

ホース伸ばし軒先に野沢菜を洗ふ人十年前の吾見る如し

南東に月に劣らぬかがやきの天狼星あり光まただく

夜のテレビ観ずともスイッチ切らずおく夫亡き三年過ぎたる今も

西遠き乗鞍岳の下の谷を辿り行かばや吾が故里へ

春のため稲田は黒く耕して「牛伏《うしぶせ》の里」麦あをみたり

友の心の絵葉書は日記の栞にすルオーの画く「ゲッセマネのイエス」

春来れば片栗群れ咲く戸谷の峯今朝しるき雪は根雪とならむ

子らと来て此処に螢を追ひしより四十余年か田も沢も無し

霧深く寒き朝のバスに行くクリスマス礼拝に思ひをはせて

竿にひかる霜を払ひて物を干すこの冬われは健やかにゐて

寒き農道

「三九郎」の櫓《やぐら》の達磨傾きて寒き農道行くはわれのみ

寒くとも牛伏川まで歩み行き枯れ葦の辺に流れを聴かむ

居間に置くパキラの鉢に朝夕に霧ふきて吾が冬の友

種埋めて三年《さんねん》になる金柑の五本揃ひてみどりを保つ

若き者のなせる如くに鋏にて長葱切りたり俎板あれど

夫の亡き三年は既に過ぎたのか畑にわがため小松菜を摘む

中天の月に明るむわが寝間に駱駝の旅を夢に眠らむ

乗鞍岳見ゆる丘まで歩まむかホトケノツヅレ咲く春の径

木の下の藪柑子の実を啄みて鵯は近づく吾を見もせず

昨日の雪

里山に昨日の雪の消え残り野に村屋根に春日かがやく

鵯《ひよ》とわれ畑の作物分けあひて今朝の汁の実茎立つ小松菜

史談会に夫と友なりし君も逝き閉づる門前《かどさき》紅梅咲き満つ

芽吹く前の針槐に鴉ら騒ぐなか雉子の一声久々に聞く

山に咲く辛夷に心をどらせき木曾谷の遅き春待ちがてに

放射能に海汚染せる我が国は魚介類何も食へなくなるか

吾が友の下さりし白の躾糸《しつけいと》弱視に物縫ふわれを助ける

春の喜び

水張り田の上を飛びゆく河原鶸春の喜び鳴き交はしつつ

かにかくに春となりたり吾が窓の北の遙かに爺ヶ岳の雪型

木々萌ゆる峠を越えて望みたり雪のかがよふ針ノ木岳の頂

渡り来し葦切はわれを急き立つるあれせよこれせよ夏くる前に

ひもすがら青葉吹く風唸りをあげ横殴りに降るメイストーム

ゆくりなくアララギの原点見出たり「落合京太郎備忘メモ」読みて

喃々《もたもた》と下手でも真《まこと》を詠む歌を選に入れたり落合京太郎先生

家庭菜園のトマトの支柱たててゐる二人は妻君主導かと見ゆ

蓋付きの湯飲みを夫の欲しがりき叶へやらざりしを亡き今に悔ゆ

濯ぎ物

電線に羽繕ひする鳩を見て朝の日差しに濯ぎ物干す

わが里の蕨たづさへ来るといふ姪を朝より心待ちにす

キウイフルーツいらぬと言ふに持たせたり親の心と独り言ちつつ

耕地整理に絶えしと思ひし昼顔の花咲きたりと日記に記す

アカンサス花茎のびて咲き始め分けくれし君今は何処に

薔薇は垣にラベンダー庭に咲き群るる初夏《はつなつ》の光そこにとどめて

檜葉を剪る長男のゐて久々に施錠せず家を出でて来たれり

木槿咲き凌霄花の咲ける道木蔭えらびてバス停へ行く

食卓

二本づつ植ゑたる胡瓜茄子トマト朝々採りて食卓に出づ

梅雨あけて三十五度に近き暑さTシャツの青年が日傘さし通る

支柱越え椿に伸びし蔓になる胡瓜を採りて朝餉の菜に

何処より来し捩花か夫の墓に伸びし三本いま花のとき

川上に昨夜《よべ》大雨の降りたるか流れは青草の上を滔々と

雨上がりの朝の道ゆくわが前に雀はしきりに何か啄む

沢瀉の花に稲穂のかたぶけりこの径歩むは幾日ぶりか

アスパラガスを西洋の独活と教はりき木曾の山家《やまが》に吾は生まれて

世界祈禱日

世界祈禱日のスロベニアからのメッセージ地図を開きてその国捜す

添へくれし「エマオのみち」のカードにて主に見《まみ》えたる吾が心燃ゆ

畑畔のアカバナはいま花のとき思はず屈み手に触れてみつ

講壇より御言葉が直に降り来るゆゑ最前列に説教を聴く

日盛りに疲れてみえる秋海棠を瓶に挿したり氷うかべて

朝《あした》とも思へず暗く降る雨に縫ひさしのエプロンを仕上げむと立つ

風に散る桜紅葉を前に見てわれ一人バスを長く待ちたり

鯨のごとき雲

二〇二〇年（令和二年）

炊きあがる飯の匂ひのする厨に一言祈り今日を始めむ

北上川の中州に会堂攫はれず残ると伝ふ『山雨海風』*に

＊雁部貞夫の歌集

今朝の霜未だに残る蓼科山《たてしな》か八ヶ岳の北に一際しるし

梢より長く下がりし蔓梅擬き黄の小さき実は踏まれ散りぼふ

空木岳南駒ヶ岳見ゆる丘に義妹家族は林檎を作る

冬空に潮ふく鯨のごとき雲われを乗せ行け何処か遠くへ

あとがき

始めて「木曾アララギ・ヒムロ短歌会」に出席したのは、一九六九年（昭和四十四年）の夏のことでした。その頃私は教員の夫と二人の子どもと共に木曾福島町の教員住宅に住んでいて、会場の杉山宅までは歩いて十分の近さでした。

そこに集まるのは十二、三名で教員経験者や現教員、近所の婦人など女性ばかりだったと思います。隣町の上松やその他からも汽車に乗って集まって来ました。指導をしてくださったのは「ヒムロ」主幹の黒田英雄先生で、月一回の会でした。批評は厳しかったですが、いつも笑い声の絶えないような和やかな会に私は短歌の魅力を教えられ、詠む喜びをも学んだのでした。間もなく「ヒムロ」と「アララギ」に投稿するようになりました。

二、三年後には松本市寿の現在の家に転居して「松本アララギ・ヒムロ短歌会」

にも入会しました。夫の勤務地はおおかた木曾谷でしたし、木曾は私の郷里でもありましたから、夫が単身赴任の時も、岐阜県中津川市に近い蘭村《あららぎむら》（現在南木曾町）から現在塩尻市になった楢川村まで、車の運転を習って夫の赴任地にしきりに往復しました。大桑村の三年間は長男と二男は進学や就職で家を離れましたから、松本の家はそのままにして九十歳を過ぎた義母も一緒に教員住宅に暮らしました。そこで義母は寝たきりになってしまいましたが、短歌誌への投稿が私の田舎の単調な生活にめりはりを与えてくれて、毎月アララギ誌に一首か二首掲載されるのが何よりの励みでした。「万葉集を読む会」や春と秋の吟行会にも事情の許す限り出席しました。

第一歌集『朝の祈り』に纏める以前のたどたどしい作品から三十首を自選して此の「あとがき」に載せることにしました。落合京太郎先生、吉田正俊先生、清水房雄先生の選を受けた作品もあります。木曾福島の短歌会の会場であった杉山宅はクリスチャンの家庭で、そこでの「木曾聖書の会」にも私は出席していましたので信仰に関わる作品が選に入ることもあり、残っています。

頂は雲にかくれて長き裾野広がる御嶽を地蔵峠に見る
挨拶を交せば白き息になる寒き朝の「木曾聖書の会」
新雪に野兎の足跡つきてゐる峠の朝を惜しみつつ行く
ケルン積む子らの傍にたたずみて湧きては消ゆる夕あかねを見る　（御嶽登山）
午後三時日は山陰に落ちゆきて汽笛は長く峡にひびかふ
三百回井戸をあふりて風呂を焚く年取りて苦しと姑は言ひにき　（姑）
父ありて欅のみごとな張板を任地の吾に送りてくれき
朝より暗くなり降る寒き日は次に編む絲の色合せする
岩白き蘭《あららぎ》川をさかのぼれば竹群多き蘭の里
東に光の兆す窓を開け登山する子ににぎりめしつくる　（次男）
この母に抗ひしこと多かりき今は幼子のごと笑みいます　（実母）
仕合せは哀しみに似て鈴虫のしきりに鳴く道つれだちて行く　（長男）
暮れそむる地蔵峠を登りつつ父母待ちゐし遠き日を恋ふ
夫子らと集ひて過ぎし一週間を思ひつつ鏡台の埃をぬぐふ
やなぎらんの花群たちまち見えずなりてただ乳色の霧の中にをり

母と二人言葉少なく夕餉して離り住むうからら交ごも思ふ　（義母）

中学の社会科にありし貧窮問答歌「万葉の会」につぶさに学ぶ
商ひてわが祖は遠く旅をして鈴鹿峠に果てしと伝ふ
飛驒鰤を仕入れに高山に集まりし商人の中に曾祖父もをりき
眠れずに夜更けの窓をあけて聞く笛吹くごときとらつぐみの声　（木曾）

「汝が重荷主にゆだねよ」と記されし栞は日記にありて慰む
買物に行く道すがら手折り来し蕨四五本汁の実となる
久しぶりに家族揃ひし年越しに子らに捏ねさせて蕎麦を切りたり
相共にこよなき伴侶と思ふべし今日より結婚三十年目
この夏は子らそれぞれに帰省せず開け放つ縁側に聞く虫の声
籠り居の峡の三年を慰めし文庫本も一つの荷にまとまりぬ
地吹雪のうなるまにまに聞きたりき奥津城巡る念仏講の鉦　（故郷）

九十七歳になりたる母の力強きアーメンの声に励まさるる朝朝
カルサンをはきたる君に従ひき木曾歌会吟行黒川の谷
アイリッシュリネンと言ふに憧れてしばし見て立つ生地売り場の隅

第一歌集上梓の後まもなく所属歌誌は終刊した「アララギ」から「新アララギ」に替りましたが、選者の先生方の御尽力により何も変わることなく歌を詠み投稿を続けることができました。また、その勉強会の旅や万葉集の故地を尋ねる旅などにも参加して、尾羽林もとゑさんにもお会し、思いがけない友人もでき世間も広くなりました。夫との旅も短歌に関わる土地を選んで思い出の作品となったことも感謝して思い返しています。短歌との巡り合いが私を豊かにしてくれました。

歌集の題名は『ふるさと開田《かいだ》』にしました。私は木曽の山の中のそのまた奥の山間の開田（現在の開田高原）に生まれ育ち、何時も何をしていても私の中にこの故里があります。この私がアララギの短歌に巡り合い私なりに充実した生活ができた源となったのではなかったかとの感慨があってのことです。

近年は何を詠めばよいのか分からなくなるような日常ですが、新アララギ誌による刺激をしっかり受け止めて高齢による重荷にならないよう詠み続けたいと願っています。

この歌集を纏めるにあたって雁部貞夫先生に目を通していただき、お忙しい先生に大変お世話になりました。また序文も書いていただくことができましたこと重ねて感謝いたします。

終りになりましたが、青磁社社主永田淳様とスタッフの皆様に心から御礼申し上げます。また装幀を工夫して下さる濱崎実幸氏にも感謝申し上げます。

令和三年七月一日

信州・松本にてしるす

千村　公子

著者略歴

千村　公子（ちむら　きみこ）

昭和九年（一九三四年）八月　長野県木曾郡開田村西野に父千村辰次郎、母はやの四女に生まれる。家業は祖父の代からの宿屋で、万屋《よろずや》も営んでいた。

昭和二十八年（一九五三年）　木曾東高等学校卒業。

昭和三十一年（一九五六年）　伯母千村てるの養女となり、駒ヶ根市赤穂の北村仁武《きみたけ》と結婚、二男に恵まれた。夫は中学の教師だったので県内各地の勤務地に夫と共に移り住む。

昭和四十四年（一九六九年）「アララギ」「ヒムロ」に入会。

昭和五十三年（一九七八年）　松本日本キリスト教会にて受洗。

平成十七年（二〇〇五年）　第一歌集『朝の祈り』上梓。夫の定年退職後は現在の住所に定住。

歌集　ふるさと開《かい》田《だ》

初版発行日　二〇二一年八月三十日
著　者　千村公子
松本市寿北六―三五―六（〒三九九―〇〇一一）
定　価　二五〇〇円
発行者　永田　淳
発行所　青磁社
京都市北区上賀茂豊田町四〇―一（〒六〇三―八〇四五）
電話　〇七五―七〇五―二八三八
振替　〇〇九四〇―二―一二四二二四
http://seijisya.com
装　幀　濱崎実幸
カバー装画　加藤淘綾「木曽御岳」（『信濃画帖』より）
印刷・製本　創栄図書印刷

ISBN978-4-86198-509-6 C0092 ¥2500E